꽃보다
아름다운 하루

윤동주 · 김소월 · 한용운 필사

도서출판 YEGA

preface

오늘도 바쁘게 살아가는 당신에게는 한 박자 쉬어가는 미덕이 필요할 때가 있습니다. 자신의 마음에 귀 기울여야 할 시기가 온 것입니다. 끊임없이 도태되고 있다는 불안감을 잠시 내려놓는 것이 필요합니다. 요즘같이 미디어에 많이 노출되는 시대에는 한 가지 일에 집중하기 어려움이 있기 마련입니다. 마음의 성찰과 사색의 시간을 위해 핸드폰을 꺼두고 연필 한 자루를 꺼내 한 자 한 자 써 내려 가다 보면 잃어버렸던 순수한 마음을 채울 수 있는 작은 쉼터가 되어 줄 것입니다.

contents

내가 사랑한 시

윤동주 필사

서 시 序詩

죽는 날까지 하늘을 우러러
한점 부끄럼이 없기를,
잎새에 이는 바람에도
나는 괴로워 했다.
별을 노래하는 마음으로
모든 죽어가는 것을 사랑해야지
그리고 나한테 주어진 길을
걸어가야겠다.

오늘 밤에도 별이 바람에 스치운다.

반딧불

가자 가자 가자
숲으로 가자
달 조각을 주우러
숲으로 가자.

그믐밤 반딧불은
부서진 달조각

가자 가자 가자
숲으로 가자
달 조각을 주우러
숲으로 가자.

자화상

산모퉁이를 돌아 논가 외딴 우물을 홀로 찾아가선
가만히 들여다봅니다.

우물 속에는 달이 밝고 구름이 흐르고
하늘이 펼치고 파아란 바람이 불고 가을이 있습니다.

그리고 한 사나이가 있습니다.
어쩐지 그 사나이가 미워져 돌아갑니다.

돌아가다 생각하니 그 사나이가 가엾어집니다.
도로 가 들여다보니 사나이는 그대로 있습니다.

다시 그 사나이가 미워져 돌아갑니다.
돌아가다 생각하니 그 사나이가 그리워집니다.

우물 속에는 달이 밝고 구름이 흐르고 하늘이 펼치고
파아란 바람이 불고 가을이 있고 추억처럼 사나이가 있습니다.

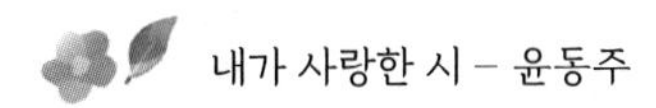

바 다

실어다 뿌리는
바람조차 씨원타.

솔나무 가지마다 샛춤히
고개를 돌리어 삐들어지고,

밀치고
밀치운다.

이랑을 넘는 물결은
폭포처럼 피어 오른다.

해변에 아이들이 모인다.
찰찰 손을 씻고 구보로.

바다는 자꼬 섧어진다.
갈매기의 노래에……

돌아다보고 돌아다보고
돌아가는 오늘의 바다여!

눈 감고 간다

태양을 사모하는 아이들아
별을 사랑하는 아이들아

밤이 어두웠는데
눈 감고 가거라.

가진 바 씨앗을
뿌리면서 가거라.

발뿌리에 돌이 채이거든
감았던 눈을 와짝 떠라.

아우의 인상화

붉은 이마에 싸늘한 달이 서리어
아우의 얼굴은 슬픈 그림이다.

발걸음을 멈추어
살그머니 앳된 손을 잡으며
“늬는 자라 무엇이 되려니”
“사람이 되지”
아우의 설운 진정코 설운 대답이다.

슬며시 잡았던 손을 놓고
아우의 얼굴을 다시 들여다본다.

싸늘한 달이 붉은 이마에 젖어
아우의 얼굴은 슬픈 그림이다.

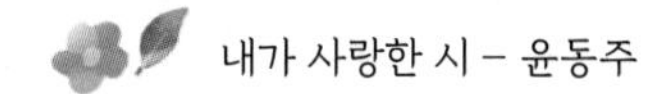

봄

봄이 혈관 속에 시내처럼 흘러
돌, 돌, 시내 가차운 언덕에
개나리, 진달래, 노오란 배추꽃

삼동三冬을 참아온 나는
풀포기처럼 피어난다.

즐거운 종달새야
어느 이랑에서나 즐거웁게 솟쳐라.

푸르른 하늘은
아른아른 높기도 한데……

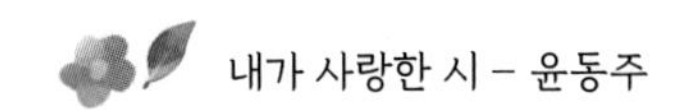

달 밤

흐르는 달의 흰 물결을 밀쳐
여윈 나무 그림자를 밟으며
북망산北邙山을 향한 발걸음은 무거웁고
고독을 반려伴侶한 마음은 슬프기도 하다.

누가 있어야만 싶은 묘지엔 아무도 없고,
정적靜寂만이 군데군데 흰 물결에 폭 젖었다.

둘 다

바다도 푸르고
하늘도 푸르고

바다도 끝없고
하늘도 끝없고

바다에 돌 던지고
하늘에 침 뱉고

바다는 벙글
하늘은 잠잠.

창 窓

쉬는 시간마다
나는 창녘으로 갑니다.

창은 산 가르침.

이글이글 불을 피워 주소,
이 방에 찬 것이 서립니다.

단풍잎 하나
맴도나 보니
아마도 자그마한 선풍旋風이인 게외다.

그래도 싸늘한 유리창에
햇살이 쨍쨍한 무렵,
상학종上學鐘이 울어만 싶습니다.

별 헤는 밤

계절이 지나가는 하늘에는
가을로 가득 차 있습니다.

나는 아무 걱정도 없이
가을 속의 별들을 다 헤일 듯합니다.

가슴속에 하나 둘 새겨지는 별을
이제 다 못 헤는 것은
쉬이 아침이 오는 까닭이요,
내일 밤이 남은 까닭이요,
아직 나의 청춘이 다하지 않은 까닭입니다.

별 하나에 추억과
별 하나에 사랑과
별 하나에 쓸쓸함과
별 하나에 동경憧憬과
별 하나에 시와
별 하나에 어머니, 어머니,

어머님, 나는 별 하나에
아름다운 말 한 마디씩 불러 봅니다.
소학교 때 책상을 같이했던 아이들의 이름과,
패佩, 경鏡, 옥玉, 이런 이국 소녀들의 이름과, 벌써 아기 어머니 된
계집애들의 이름과,
가난한 이웃 사람들의 이름과, 비둘기, 강아지,
토끼, 노새, 노루, 「프랑시스 잼」, 「라이너 마리아 릴케」,
이런 시인의 이름을 불러 봅니다.

이네들은 너무나 멀리 있습니다.
별이 아스라이 멀 듯이,

어머님,
그리고 당신은 멀리 북간도北間島에 계십니다.

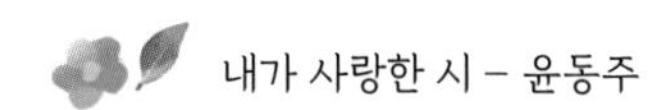

나는 무엇인지 그리워
이 많은 별빛이 내린 언덕 위에
내 이름자를 써 보고,
흙으로 덮어 버리었습니다.

딴은, 밤을 새워 우는 벌레는
부끄러운 이름을 슬퍼하는 까닭입니다.

그러나 겨울이 지나고 나의 별에도 봄이 오면,
무덤 위에 파란 잔디가 피어나듯이
내 이름자 묻힌 언덕 위에도
자랑처럼 풀이 무성할 거외다.

눈

지난밤에
눈이 소오복히 왔네

지붕이랑
길이랑 밭이랑
추워한다고
덮어주는 이불인가봐

그러기에
추운 겨울에만 내리지

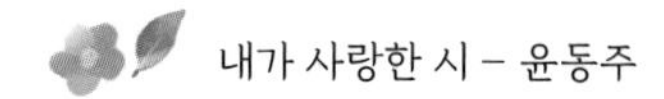

비둘기

안아보고 싶게 귀여운
산비둘기 일곱 마리
하늘 끝까지 보일 듯이 맑은 공일날 아침에
벼를 거두어 빤빤한 논에
앞을 다투어 모이를 주으며
어려운 이야기를 주고 받으오.

날씬한 두 나래로 조용한 공기를 흔들어
두 마리가 나오.
집에 새끼 생각이 나는 모양이오.

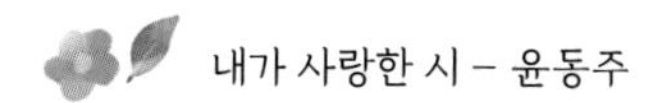

비 애 悲哀

호젓한 세기世紀의 달을 따라
알 듯 모를 듯한 데로 거닐고저!

아닌 밤중에 튀기듯이
잠자리를 뛰쳐
끝없는 광야를 홀로 거니는
사람의 심사心思는 외로우려니

아! 이 젊은이는
피라밋처럼 슬프구나

코스모스

청초한 코스모스는
오직 하나인 나의 아가씨

달빛이 싸늘히 추운 밤이면
옛 소녀가 못 견디게 그리워
코스모스 핀 정원으로 찾아간다.

코스모스는
귀또리 울음에도 수줍어지고

코스모스 앞에선 나는
어렸을 적처럼 부끄러워지나니

내 마음은 코스모스의 마음이오
코스모스의 마음은 내 마음이다.

소년 少年

여기저기서 단풍잎 같은 슬픈 가을이 뚝뚝 떨어진다.

단풍잎 떨어져 나온 자리마다 봄을 마련해 놓고

나뭇가지 위에 하늘이 펼쳐 있다.

가만히 하늘을 들여다보려면 눈썹에 파란 물감이 든다.

두 손으로 따뜻한 볼을 쓸어 보면

손바닥에도 파란 물감이 묻어난다.

다시 손바닥을 들여다본다.

손금에는 맑은 강물이 흐르고, 맑은 강물이 흐르고,

강물 속에는 사랑처럼 슬픈 얼굴

– 아름다운 순이順伊의 얼굴이 어린다.

소년은 황홀히 눈을 감아 본다.

그래도 맑은 강물은 흘러

사랑처럼 슬픈 얼굴

– 아름다운 순이順伊의 얼굴은 어린다.

참회록 懺悔錄

파란 녹이 낀 구리거울 속에
내 얼굴이 남아 있는 것은
어느 왕조王朝의 유물遺物이기에
이다지도 욕될까

나는 나의 참회의 글을 한 줄에 줄이자.
– 만 이십사 년 일 개월을
무슨 기쁨을 바라 살아왔던가.

내일이나 모레나 그 어느 즐거운 날에
나는 또 한 줄의 참회록을 써야 한다.

– 그 때 그 젊은 나이에
왜 그런 부끄런 고백을 했던가.

밤이면 밤마다 나의 거울을
손바닥으로 발바닥으로 닦아 보자.

그러면 어느 운석隕石 밑으로 홀로 걸어가는
슬픈 사람의 뒷모양이
거울 속에 나타나 온다.

고향집

– 만주에서 부른

헌 짚신짝 끄을고
나 여기 왜 왔노
두만강을 건너서
쓸쓸한 이 땅에

남쪽 하늘 저 밑에
따뜻한 내 고향
내 어머니 계신 곳
그리운 고향집

꿈은 깨어지고

꿈은 눈을 떴다
그윽한 유무幽霧에서.

노래하는 종달이
도망쳐 날아나고,

지난날 봄 타령하던
금잔디밭은 아니다.

탑은 무너졌다,
붉은 마음의 탑이

손톱으로 새긴 대리석탑이
하루 저녁 폭풍에 여지없이도,

오오 황폐의 쑥밭,
눈물과 목메임이여!

꿈은 깨어졌다
탑은 무너졌다.

거리에서

달밤의 거리
광풍이 휘날리는
북국의 거리
도시의 진주
전등 밑을 헤엄치는
조그만 인어人魚 나,
달과 전등에 비쳐
한 몸에 둘 셋의 그림자,
커졌다 작아졌다.

괴롬의 거리
회색빛 밤거리를
걷고 있는 이 마음
선풍放風이 일고 있네
외로우면서도
한 갈피 두 갈피
피어나는 마음의 그림자,
푸른 공상이
높아졌다 낮아졌다.

유 언遺言

후어-ㄴ 한 방에
유언은 소리 없는 입놀림.

바다에 진주 캐러 갔다는 아들
해녀海女와 사랑을 속삭인다는 맏아들
이 밤에사 돌아오나 내다 봐라

평생 외롭던 아버지의 운명
감기우는 눈에 슬픔이 어린다.

외딴 집에 개가 짖고
휘양찬 달이 문살에 흐르는 밤.

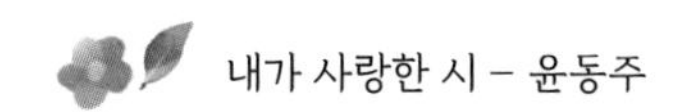

햇 비

아씨처럼 나린다
보슬보슬 햇비
맞아주자 다 같이
옥수숫대처럼 크게
닷자 엿자 자라게
햇님이 웃는다
나 보고 웃는다.

하늘다리 놓였다
알롱달롱 무지개
노래하자 즐겁게
동무들아 이리 오나
다같이 춤을 추자
햇님이 웃는다
즐거워 웃는다

병원 病院

살구나무 그늘로 얼굴을 가리고, 병원 뒤뜰에 누워, 젊은 여자가 흰 옷 아래로 하얀 다리를 드러내 놓고 일광욕을 한다. 한나절이 기울도록 가슴을 앓는다는 이 여자를 찾아오는 이, 나비 한 마리도 없다. 슬프지도 않은 살구나무 가지에는 바람조차 없다.

나도 모를 아픔을 오래 참다 처음으로 이곳에 찾아왔다. 그러나 나의 늙은 의사는 젊은이의 병을 모른다. 나한테는 병이 없다고 한다. 이 지나친 시련, 이 지나친 피로, 나는 성내서는 안 된다.

여자는 자리에서 일어나 옷깃을 여미고 화단에서 금잔화 한 포기를 따 가슴에 꽂고 병실 안으로 사라진다. 그 여자의 건강이 아니 내 건강도 속히 회복되기를 바라며 그가 누웠던 자리에 누워본다.

밤

오양간 당나귀
아-ㅇ 앙 외마디 울음 울고,

당나귀 소리에
으-아 아 애기 소스라쳐 깨고,

등잔에 불을 다오.

아버지는 당나귀에게
짚을 한 키 담아주고,

어머니는 애기에게
젖을 한 모금 먹이고,

밤은 다시 고요히 잠드오.

소낙비

번개, 뇌성, 왁자지근 두다려
머언 도회지에 낙뢰가 있어만 싶다.

벼룻장 엎어논 하늘로
살 같은 비가 살처럼 쏟아진다.

손바닥만한 나의 정원이
마음같이 흐린 호수 되기 일쑤다.

바람이 팽이처럼 돈다.
나무가 머리를 이루 잡지 못한다.

내 경건한 마음을 모셔들여
노아 때 하늘을 한모금 마시다.

산울림

까치가 울어서
산울림,
아무도 못 들은
산울림,

까치가 들었다,
산울림,
저 혼자 들었다,
산울림.

햇빛 · 바람

손가락에 침발라
쏘옥, 쏙, 쏙,
장에 가는 엄마 내다보려
문풍지를
쏘옥, 쏙, 쏙,

아침에 햇빛이 반짝,

손가락에 침 발라
쏘옥, 쏙, 쏙,
장에 가신 엄마 돌아오나
문풍지를
쏘옥, 쏙, 쏙,

저녁에 바람이 솔솔.

애기의 새벽

우리 집에는
닭도 없단다.
다만
애기가 젖 달라 울어서
새벽이 된다.

우리 집에는
시계도 없단다.
다만
애기가 젖 달라 보채어
새벽이 된다.

해바라기 얼굴

누나의 얼굴은
해바라기 얼굴
해가 금방 뜨자
일터에 간다.

해바라기 얼굴은
누나의 얼굴
얼굴이 숙어들어
집으로 온다.

팔복 八福

마태복음 5장 3~12절

슬퍼하는 자는 복이 있나니
슬퍼하는 자는 복이 있나니
슬퍼하는 자는 복이 있나니
슬퍼하는 자는 복이 있나니
슬퍼하는 자는 복이 있나니
슬퍼하는 자는 복이 있나니
슬퍼하는 자는 복이 있나니
슬퍼하는 자는 복이 있나니

저희가 영원히 슬플 것이요.

편 지

누나!
이 겨울에도
눈이 가득히 왔습니다.

흰 봉투에
눈을 한 줌 넣고
글씨도 쓰지 말고
우표로 붙이지 말고
말쑥하게 그대로
편지를 부칠까요?

누나 가신 나라엔
눈이 아니 온다기에.

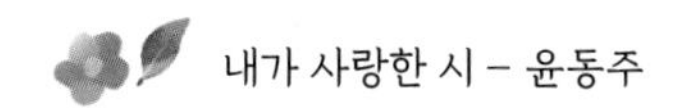

모란봉에서

앙당한 소나무 가지에
훈훈한 바람의 날개가 스치고
얼음 섞인 대동강 물에
한나절 햇발이 미끄러지다.

허물어진 성터에서
철모르는 여아女兒들이
저도 모를 이국말로
재잘대며 뜀을 뛰고

난데없는 자동차가 밉다.

돌아와 보는 밤

세상으로부터 돌아오듯이 이제 내 좁은 방에 돌아와 불을 끄옵니다. 불을 켜 두는 것은 너무나 피로롭은 일이옵니다. 그것은 낮의 연장이옵기에

이제 창을 열어 공기를 바꾸어 들여야 할 텐데 밖을 가만히 내다보아야 방안과 같이 어두워 꼭 세상 같은데 비를 맞고 오던 길이 그대로 비 속에 젖어 있사옵니다.

하루의 울분을 씻을 바 없어 가만히 눈을 감으면 마음속으로 흐르는 소리, 이제, 사상思想이 능금처럼 저절로 익어가옵니다.

비행기

머리에 프로펠러가
연자간 풍차보다
더 빨리 돈다.

땅에서 오를 때보다
하늘에 높이 떠서는
빠르지 못하다
숨결이 찬 모양이야.

비행기는
새처럼 나래를
펄럭거리지 못한다
그리고 늘
소리를 지른다
숨이 찬가봐.

슬픈 족속 族屬

흰 수건이 검은 머리를 두르고
흰 고무신이 거친 발에 걸리우다.

흰 저고리 치마가 슬픈 몸집을 가리고
흰 띠가 가는 허리를 질끈 동이다.

산 상 山上

거리가 바둑판처럼 보이고,
강물이 배암의 새끼처럼 기는
산 우에까지 왔다.
아직쯤은 사람들이
바둑돌처럼 버려 있으리라.

한나절의 태양이
함석지붕에만 비치고,
굼벵이 걸음을 하는 기차가
정거장에 섰다가 검은 내를 토하고
또 걸음발을 탄다.

텐트 같은 하늘이 무너져
이 거리를 덮을까 궁금하면서
좀더 높은 데로 올라가고 싶다.

무서운 시간

거 나를 부르는 것이 누구요,

가랑잎 이파리 푸르러 나오는 그늘인데,
나 아직 여기 호흡이 남아 있소.

한 번도 손 들어 보지 못한 나를
손 들어 표할 하늘도 없는 나를

어디에 내 한 몸 둘 하늘이 있어
나를 부르는 것이오.

일을 마치고 내 죽는 날 아침에는
서럽지도 않는 가랑잎이 떨어질 텐데……

나를 부르지 마오.

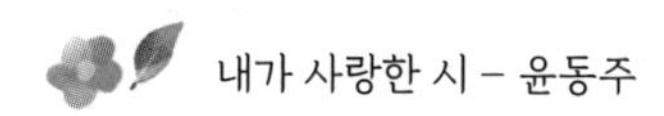

내일은 없다

– 어린 마음이 물은

내일 내일 하기에
물었더니
밤을 자고 동틀 때
내일이라고

새 날을 찾던 나는
잠을 자고 돌보니
그때는 내일이 아니라
오늘이더라

무리여! 동무여!
내일은 없나니
……

또 태초太初의 아츰

하얗게 눈이 덮이었고
전신주電信柱가 잉잉 울어
하나님 말씀이 들려온다.

무슨 계시啓示 일까.

빨리
봄이 오면
죄罪를 짓고
눈이 밝아

이브가 해산解産하는 수고를 다하면

무화과無花果 잎사귀로 부끄런 데를 가리고

나는 이마에 땀을 흘려야겠다.

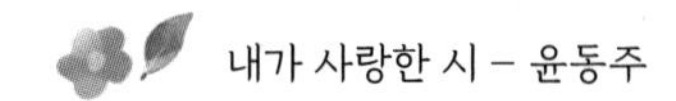

황혼黃昏

햇살은 미닫이 틈으로
길쭉한 일자一字를 쓰고…… 지우고……

까마귀떼 지붕 위로
둘, 둘, 셋, 자꾸 날아 지난다.
쑥쑥, 꿈틀꿈틀 북쪽 하늘로,

내사……
북쪽 하늘에 나래를 펴고 싶다.

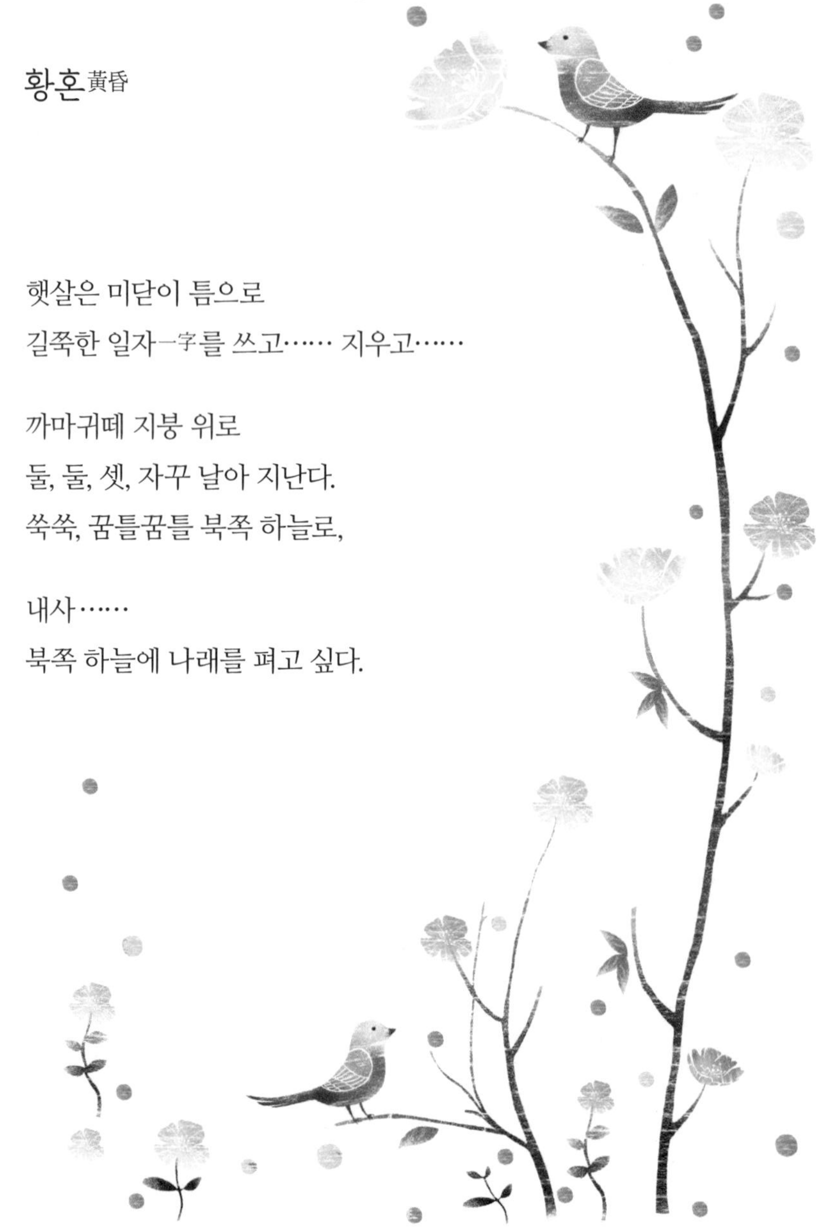

내가 사랑한 시

김소월 필사

산유화

산에는 꽃 피네
꽃이 피네
갈 봄 여름 없이
꽃이 피네.

산에
산에
피는 꽃은
저만치 혼자서 피어 있네.

산에서 우는 작은 새요
꽃이 좋아
산에서
사노라네.

산에는 꽃 지네
꽃이 지네
갈 봄 여름 없이
꽃이 지네.

금잔디

잔디,
잔디,
금잔디,
심심 산천에 붙는 불은
가신 임 무덤가에 금잔디.
봄이 왔네, 봄빛이 왔네
버드나무 끝에도 실가지에.
봄빛이 왔네, 봄날이 왔네
심심 산천에도 금잔디에.

못 잊어

못 잊어 생각이 나겠지요,
그런대로 한 세상 지내시구려,
사노라면 잊힐 날 있으리다.

못 잊어 생각이 나겠지요,
그런대로 세월만 가라시구려,
못 잊어도 더러는 잊히오리다.

그러나 또 한끝 이렇지요,
'그리워 살뜰히 못 잊는데,
어쩌면 생각이 떠나지나요?'

접동새

접동
접동
아우래비 접동

진두강 가람가에 살던 누나는
진두강 앞마을에
와서 웁니다.

옛날, 우리나라
먼 뒤쪽의
진두강 가람가에 살던 누나는
의붓어미 시샘에 죽었습니다.

누나라고 불러 보랴
오오 불설워
시새움에 몸이 죽은 우리 누나는
죽어서 접동새가 되었습니다.

아홉이나 남아 되던 오랩동생을
죽어서도 못 잊어 차마 못 잊어
야삼경夜三更 남 다 자는 밤이 깊으면
이 산 저 산 옮아가며 슬피 웁니다.

가는 길

그립다
말을 할까
하니 그리워.

그냥 갈까
그래도
다시 더 한 번……

저 산에도 까마귀, 들에 까마귀
서산에는 해 진다고
지저귑니다.

앞 강물 뒷 강물
흐르는 물은
어서 따라오라고 따라가자고
흘러도 연달아 흐릅디다려.

예전엔 미처 몰랐어요

봄 가을 없이 밤마다 돋는 달도
'예전엔 미처 몰랐어요'

이렇게 사무치게 그리울 줄도
'예전엔 미처 몰랐어요'

달이 암만 밝아도 쳐다볼 줄을
'예전엔 미처 몰랐어요'

이제금 저 달이 설음인 줄을
'예전엔 미처 몰랐어요'

부모

낙엽이 우수수 떨어질 때,
겨울의 기나긴 밤,
어머님하고 둘이 앉아
옛이야기 들어라.

나는 어쩌면 생겨나와
이 이야기 듣는가?
묻지도 말아라, 내일 날에
내가 부모 되어서 알아보랴?

생生과 사死

살았대나 죽었대나 같은 말을 가지고
사람은 살아서 늙어서야 죽나니,
그러하면 그 역시 그럴 듯도 한 일을,
하필코 내 몸이라 그 무엇이 어째서
오늘도 산마루에 올라서서 우느냐.

옛이야기

고요하고 어두운 밤이 오면은
어스레한 등불에 밤이 오면은
외로움에 아픔에 다만 혼자서
하염없는 눈물에 저는 웁니다

제 한몸도 예전엔 눈물 모르고
조그마한 세상을 보냈습니다.
그때는 지난날의 옛이야기도
아무 설움 모르고 외었습니다

그런데 우리 님이 가신 뒤에는
아주 저를 버리고 가신 뒤에는
전날에 제게 있던 모든 것들이
가지가지 없어지고 말았습니다

그러나 그 한때에 외어두었던
옛이야기뿐만은 남았습니다
나날이 짙어가는 옛이야기는
부질없이 제 몸을 울려줍니다

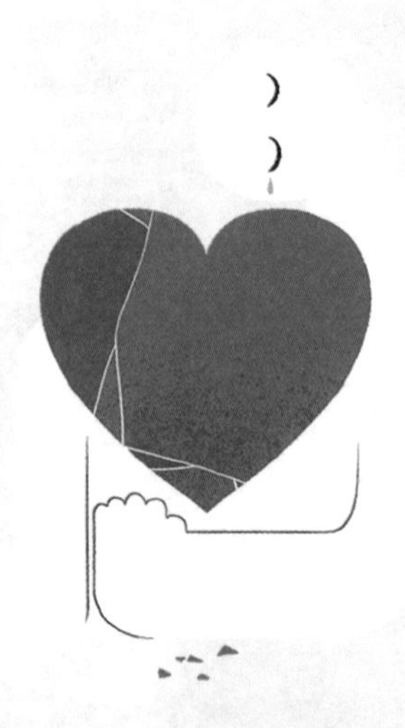

나는 세상 모르고 살았노라

'가고 오지 못한다'는 말을
철없던 내 귀로 들었노라.
만수산 올라서서
옛날에 갈라선 그 내 님도
오늘날 뵈올 수 있었으면.

나는 세상 모르고 살았노라,
고락苦樂에 겨운 입술로는
같은 말도 조금 더 영리하게
말하게도 지금은 되었건만.
오히려 세상 모르고 살았으면!

'돌아서면 무심타'는 말이
그 무슨 뜻인 줄을 알았으랴.
제석산啼昔山 붙는 불은
옛날에 갈라선 그 내 님의
무덤에 풀이라도 태웠으면!

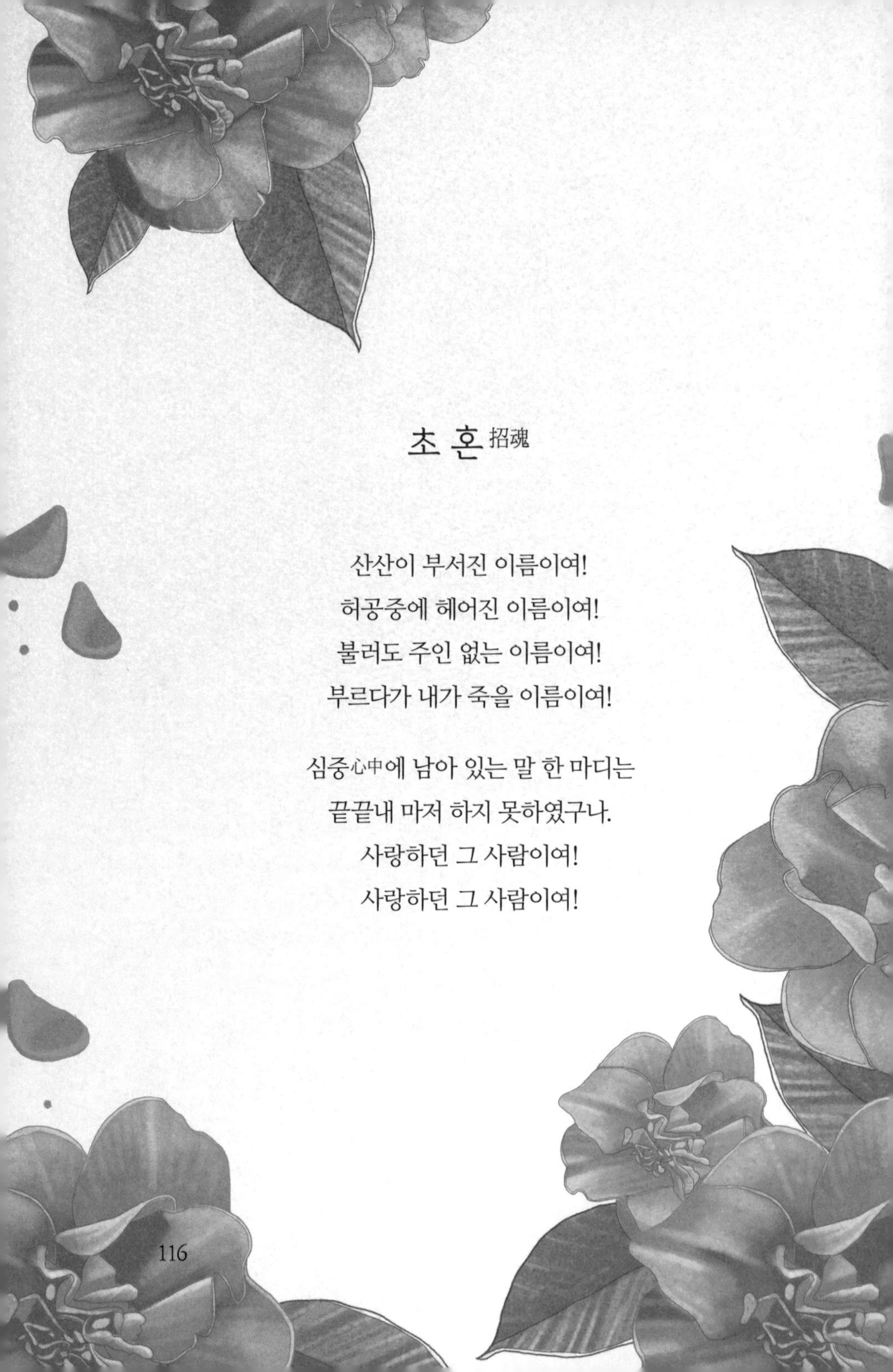

초 혼招魂

산산이 부서진 이름이여!
허공중에 헤어진 이름이여!
불러도 주인 없는 이름이여!
부르다가 내가 죽을 이름이여!

심중心中에 남아 있는 말 한 마디는
끝끝내 마저 하지 못하였구나.
사랑하던 그 사람이여!
사랑하던 그 사람이여!

붉은 해는 서산 마루에 걸리었다.
사슴의 무리도 슬피 운다.
떨어져 나가 앉은 산 위에서
나는 그대의 이름을 부르노라.

설움에 겹도록 부르노라.
설움에 겹도록 부르노라.
부르는 소리는 비껴 가지만
하늘과 땅 사이가 너무 넓구나.

선 채로 이 자리에 돌이 되어도
부르다가 내가 죽을 이름이여!
사랑하던 그 사람이여!
사랑하던 그 사람이여!

비단 안개

눈들이 비단 안개에 둘리울 때,
그때는 차마 잊지 못할 때러라.
만나서 울던 때도 그런 날이요,
그리워 미친 날도 그런 때러라.

눈들이 비단 안개에 둘리울 때,
그때는 홀목숨은 못 살 때러라.
눈 풀리는 가지에 당치맛귀로
젊은 계집 목매고 달릴 때러라.

눈들이 비단 안개에 둘리울 때,
그때는 종달새 솟을 때러라.
들에랴 바다에랴, 하늘에서랴,
알지 못할 무엇에 취할 때러라.

눈들이 비단 안개에 둘리울 때,
그때는 차마 잊지 못할 때러라.
첫사랑 있던 때도 그런 날이요,
영이별 있던 날도 그런 때러라.

엄마야 누나야

엄마야 누나야 강변 살자,
뜰에는 반짝이는 금모래빛,
뒷문 밖에는 갈잎의 노래
엄마야 누나야 강변 살자.

진달래 꽃

나 보기가 역겨워
가실 때에는
말없이 고이 보내 드리오리다.

영변寧邊에 약산藥山
진달래꽃
아름 따다 가실 길에 뿌리오리다.

가시는 걸음 걸음
놓인 그 꽃을
사뿐히 즈려 밟고 가시옵소서.

나 보기가 역겨워
가실 때에는
죽어도 아니 눈물 흘리오리다.

개여울

당신은 무슨 일로
그리합니까?
홀로이 개여울에 주저앉아서

파릇한 풀포기가
돋아나오고
잔물은 봄바람에 해적일 때에

가도 아주 가지는
않노라시던
그러한 약속이 있었겠지요

날마다 개여울에
나와 앉아서
하염없이 무엇을 생각합니다

가도 아주 가지는
않노라심은
굳이 잊지 말라는 부탁인지요

먼 후일

먼 훗날 당신이 찾으시면
그 때에 내 말이 “잊었노라”

당신이 속으로 나무리면
“무척 그리다가 잊었노라”

그래도 당신이 나무리면
“믿기지 않아서 잊었노라”

오늘도 어제도 아니 잊고
먼 훗날 그때에 “잊었노라”

저녁때

마소의 무리와 사람들은 돌아들고, 적적히 빈 들에,
엉머구리 소리 우거져라.
푸른 하늘은 더욱 낮추, 먼 산 비탈길 어둔데
우뚝우뚝한 드높은 나무, 잘 새도 깃들여라.

볼수록 넓은 벌의
물빛을 물끄러미 들여다보며
고개 수그리고 박은 듯이 홀로 서서
긴 한숨을 짓느냐, 왜 이다지!

온 것을 아주 잊었어라, 깊은 밤 예서 함께
몸이 생각에 가비엽고, 맘이 더 높이 떠오를 때.
문득, 멀지 않은 갈숲 새로
별빛이 솟구어라.

사노라면 사람은 죽는 것을

하루라도 몇 번씩 내 생각은
내가 무엇 하려고 살려는지?
모르고 살았노라, 그럴 말로
그러나 흐르는 저 냇물이
흘러가서 바다로 든댈진댄.
일로조차 그러면, 이내 몸은
애쓴다고는 말부터 잊으리라.
사노라면 사람은 죽는 것을
그러나, 다시 내 몸,
봄빛의 불붙는 사태흙에
집 짓는 저 개아미
나도 살려 하노라, 그와 같이
사는 날 그날까지
살음에 즐거워서,
사는 것이 사람의 본뜻이면
오오 그러면 내 몸에는
다시는 애쓸 일도 더 없어라
사노라면 사람은 죽는 것을.

천리만리

말리지 못할 만치 몸부림하며
마치 천리만리나 가고도 싶은
맘이라고나 하여볼까.
한 줄기 쏜살같이 벋은 이 길로
줄곧 치달아 올라가면
불붙는 산의, 불붙는 산의
연기는 한두 줄기 피어올라라.

님의 노래

그리운 우리 님의 맑은 노래는
언제나 제 가슴에 젖어 있어요

긴 날을 문 밖에서 서서 들어도
그리운 우리 님의 고운 노래는
해지고 저물도록 귀에 들려요
밤들고 잠들도록 귀에 들려요

고이도 흔들리는 노랫가락에
내 잠은 그만이나 깊이 들어요
고적한 잠자리에 홀로 누워도
내 잠은 포스근히 깊이 들어요

그러나 자다 깨면 님의 노래는
하나도 남김없이 잃어버려요
들으면 듣는 대로 님의 노래는
하나도 남김없이 잊고 말아요

봄

이 나라 나라는 부숴졌는데
이 산천 여태 산천은 남아 있더냐
봄은 왔다 하건만
풀과 나무뿐이여

오! 서럽다 이를 두고 봄이냐
치워라 꽃잎에도 눈물뿐 흩으며
새 무리는 지저귀며 울지만
쉬어라 이 두근거리는 가슴아

못 보느냐 벌겋게 솟구는 봉숫불이
끝끝내 그 무엇을 태우려 함이료
그리워라 내 집은
하늘 밖에 있나니

애달프다 긁어 쥐어뜯어서
다시금 짧아졌다고
다만 이 희끗희끗한 머리칼뿐
인제는 빗질할 것도 없구나

장별리 將別里

연분홍 저고리, 빨간 불 붙은
평양에도 이름 높은 장별리
금실 은실의 가는 비는
비스듬히도 내리네, 뿌리네.

털털한 배암무늬 돋은 양산에
내리는 가는 비는
위에나 아래나 내리네, 뿌리네.

흐르는 대동강, 한복판에
울며 돌던 벌새의 떼무리,
당신과 이별하던 한복판에
비는 쉴 틈도 없이 내리네, 뿌리네.

황촉黃燭불

황촉불, 그저도 까맣게
스러져가는 푸른 창을 기대고
소리조차 없는 흰 밤에,
나는 혼자 거울에 얼굴을 묻고
뜻 없이 생각 없이 들여다보노라.
나는 이르노니,
"우리 사람들 첫날밤은 꿈속으로 보내고
죽음은 조는 동안에 와서,
별 좋은 일도 없이 스러지고 말아라."

가시나무

산에도 가시나무 가시덤불은
덤불덤불 산마루로 뻗어올랐소.

산에는 가려 해도 가지 못하고
바로 말로 집도 있는 내 몸이라오.

길에 가선 혼잣몸이 홑옷자락은
하룻밤에 두세 번은 젖기도 했소.

들에도 가시나무 가시덤불은
덤불덤불 들 끝으로 뻗어나갔소.

만나려는 심사

저녁해는 지고서 어스름의 길,
저 먼 산山엔 어두워 잃어진 구름,
만나려는 심사는 웬 셈일까요,
그 사람이야 올 길 바이없는데,
발길은 누 마중을 가잔 말이냐.
하늘엔 달 오르며 우는 기러기.

강촌

날 저물고 돋는 달에
흰물은 솰솰……
금모래 반짝……
청노새 몰고 가는 낭군!
여기는 강촌
강촌에 내 몸은 홀로 사네.
말하자면, 나도 나도
늦은 봄 오늘이 다 진盡토록
백년처권百年妻眷을 울고 가네.
길쎄 저문 나는 선비,
당신은 강촌에 홀로 된 몸.

봄 밤

실버드나무의 거무스레한 머릿결인 낡은 가지에
제비의 넓은 깃나래의 감색紺色치마에
술집의 창 옆에, 보아라, 봄이 앉았지 않는가.

소리도 없이 바람은 불며, 울며, 한숨지워라.
아무런 줄도 없이 섧고 그리운 새카만 봄밤
보드라운 습기濕氣는 떠돌며 땅을 덮어라.

가는 봄 삼월 三月

가는 봄 삼월, 삼월은 삼질
강남 제비도 안 잊고 왔는데
아무렴은요
설게 이때는 못 잊게, 그리워.

잊으시기야, 했으랴, 하마 어느새
님 부르는 꾀꼬리 소리.
울고 싶은 바람은 점도록 부는데
설리도 이때는
가는 봄 삼월, 삼월은 삼질.

기회

강 위에 다리는 놓였던 것을!
나는 왜 건너가지 못했던가요.
때의 거친 물결은 볼 새도 없이
다리를 무너치고 흐릅니다려.

먼저 건넌 당신이 어서 오라고
그만큼 부르실 때 왜 못 갔던가!
당신과 나는 그만 이편 저편서
때때로 울며 바랄 뿐입니다려.

그를 꿈꾼 밤

야밤중, 불빛이 발갛게
어렴풋이 보여라.

들리는 듯, 마는 듯,
발자국 소리.
스러져가는 발자국 소리.

아무리 혼자 누워 몸을 뒤쳐도
잃어버린 잠은 다시 안 와라.

야밤중, 불빛이 발갛게
어렴풋이 보여라.

내가 사랑한 시

한용운 필사

당신이 아니더면

당신이 아니더면 포시럽고 매끄럽던 얼굴이
왜 주름살이 접혀요.
당신이 기룹지만 않다면 언제까지라도
나는 늙지 아니할 터여요.
맨 첨에 당신에게 안기던
그때대로 있을 터여요.

그러나 늙고 병들고 죽기까지라도
당신 때문이라면 나는 싫지 않아요.
나에게 생명을 주든지 죽음을 주든지
당신의 뜻대로만 하셔요.
나는 곧 당신이어요.

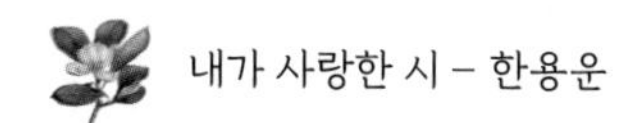

님의 침묵沈默

님은 갔습니다. 아아, 사랑하는 나의 님은 갔습니다.
푸른 산빛을 깨치고 단풍나무 숲을 향하여 난 작은
길을 걸어서 차마 떨치고 갔습니다.
황금의 꽃같이 굳고 빛나던 옛 맹서는 차디찬 티끌이 되어서
한숨의 미풍에 날아갔습니다.
날카로운 첫 「키스」의 추억은
나의 운명의 지침指針을 돌려놓고 뒷걸음쳐서 사라졌습니다.
나는 향기로운 님의 말소리에 귀먹고,
꽃다운 님의 얼굴에 눈멀었습니다.
사랑도 사람의 일이라 만날 때에 미리 떠날 것을 염려하고
경계하지 아니한 것은 아니지만, 이별은 뜻밖의 일이 되고
놀란 가슴은 새로운 슬픔에 터집니다.

그러나 이별을 쓸데없는 눈물의 원천으로 만들고
마는 것은 스스로 사랑을 깨치는 것인 줄 아는 까닭에,
걷잡을 수 없는 슬픔의 힘을 옮겨서
새 희망의 정수박이에 들이부었습니다.
우리는 만날 때에 떠날 것을 염려하는 것과 같이
떠날 때에 다시 만날 것을 믿습니다.
아아, 님은 갔지마는 나는 님을 보내지 아니하였습니다.
제 곡조를 못 이기는 사랑의 노래는
님의 침묵을 휩싸고 돕니다.

밤은 고요하고

밤은 고요하고 방은 물로 시친 듯합니다.
이불은 개인 채로 옆에 놓아두고
화롯불을 다듬거리고 앉았습니다.
밤은 얼마나 되었는지 화롯불은 꺼져서 찬 재가 되었습니다.
그러나 그를 사랑하는 나의 마음은 오히려 식지 아니하였습니다.
닭의 소리가 채 나기 전에 그를 만나서 무슨 말을 하였는데
꿈조차 분명치 않습니다그려.

이별은 미美의 창조

이별은 미美의 창조입니다.
이별의 미美는 아츰의 바탕質 없는 황금黃金과
밤의 올絲 없는 검은 비단과 죽음 없는 영원永遠의 생명生命과
시들지 않는 하늘의 푸른 꽃에도 없습니다.
님이여, 이별이 아니면 나는
눈물에서 죽었다가 웃음에서 다시 사러날 수가 없습니다.
오오 이별이어.
미美는 이별의 창조입니다.

나룻배와 행인

나는 나룻배
당신은 행인

당신은 흙발로 나를 짓밟습니다.
나는 당신을 안고 물을 건너갑니다.
나는 당신을 안으면 깊으나 얕으나 급한 여울이나 건너갑니다.

만일 당신이 아니 오시면 나는 바람을 쐬고 눈비를 맞으며
밤에서 낮까지 당신을 기다리고 있습니다.
당신은 물만 건너면 나를 보지도 않고 가십니다그려.
그러나 당신이 언제든지 오실 줄만은 알아요.
나는 당신을 기다리면서 날마다 날마다 낡아 갑니다.

나는 나룻배
당신은 행인

복종服從

남들은 자유를 사랑한다지마는
나는 복종을 좋아하여요.
자유를 모르는 것은 아니지만
당신에게는 복종만 하고 싶어요.
복종하고 싶은데 복종하는 것은
아름다운 자유보다도 달콤합니다.
그것이 나의 행복입니다.

그러나 당신이 나더러 다른 사람을 복종하라면
그것만은 복종할 수가 없습니다.
다른 사람을 복종하려면
당신에게 복종할 수 없는 까닭입니다.

그를 보내며

그는 간다. 그가 가고 싶어서 가는 것도 아니요, 내가 보내고 싶어서
보내는 것도 아니지만 그는 간다.
그의 붉은 입술, 흰 이, 가는 눈썹이 어여쁜 줄만 알았더니
구름 같은 뒷머리, 실버들 같은 허리, 구슬 같은 발꿈치가
보다도 아름답습니다.

걸음이 걸음보다 멀어지더니 보이려다 말고 말려다 보인다.
사람이 멀어질수록 마음은 가까워지고
마음이 가까워질수록 사람은 멀어진다.
보이는 듯한 것이 그의 흔드는 수건인가 하였더니,
갈매기보다도 작은 조각 구름이 난다.

당신은

당신은 나를 보면 왜 늘 웃기만 하셔요.
당신의 찡그리는 얼굴을 좀 보고 싶은데.
나는 당신을 보고 찡그리기는 싫어요.
당신은 찡그리는 얼굴을 보기 싫어하실 줄을 압니다.
그러나 떨어진 도화桃花가 날아서 당신의 입술을 스칠 때에,
나는 이마가 찡그려지는 줄도 모르고 울고 싶었습니다.
그래서 금실로 수놓은 수건으로 얼굴을 가렸습니다.

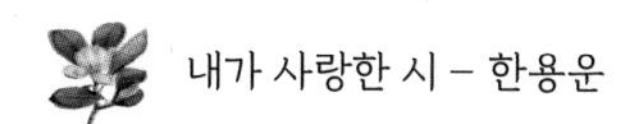

수繡의 비밀

나는 당신의 옷을 다 지어 놓았습니다.
심의深衣도 짓고 도포도 짓고 자리옷도 지었습니다.
짓지 아니한 것은 작은 주머니에 수놓는 것뿐입니다.

그 주머니는 나의 손때가 많이 묻었습니다.
짓다가 놓아두고 짓다가 놓아두고 한 까닭입니다.
다른 사람들은 나의 바느질 솜씨가 없는 줄로 알지마는
그러한 비밀은 나밖에는 아는 사람이 없습니다.
나는 마음이 아프고 쓰린 때에 주머니에 수를 놓으랴면,
나의 마음은 수놓는 금실을 따라서 바늘 구멍으로 들어가고,
주머니 속에서 맑은 노래가 나와서 나의 마음이 됩니다.
그리고 아직 이 세상에는 그 주머니에 넣을 만한
무슨 보물이 없습니다.
이 작은 주머니는 짓기 싫어서 짓지 못하는 것이 아니라,
짓고 싶어서 다 짓지 않는 것입니다.

비 밀

비밀입니까, 비밀이라니요, 나에게 무슨 비밀이 있겠습니까.
나는 당신에게 대하여 비밀을 지키려고 하였습니다마는 비밀은 야속히도 지켜지지 아니하였습니다.

나의 비밀은 눈물을 거쳐서 당신의 시각으로 들어갔습니다.
나의 비밀은 한숨을 거쳐서 당신의 청각으로 들어갔습니다.
나의 비밀은 떨리는 가슴을 거쳐서 당신의 촉각으로 들어갔습니다.
그 밖에 비밀은 한 조각 붉은 마음이 되어서
당신의 꿈으로 들어갔습니다.
그리고 마지막 비밀은 하나 있습니다.
그러나 그 비밀은 소리 없는 메아리와 같아서
표현할 수가 없습니다.

사랑하는 까닭

내가 당신을 사랑하는 것은 까닭이 없는 것이 아닙니다.
다른 사람들은 나의 홍안紅顔만을 사랑하지마는
당신은 나의 백발白髮도 사랑하는 까닭입니다.

내가 당신을 그리워하는 것은 까닭이 없는 것이 아닙니다.
다른 사람들은 나의 미소만을 사랑하지마는
당신은 나의 눈물도 사랑하는 까닭입니다.

내가 당신을 기다리는 것은 까닭이 없는 것이 아닙니다.
다른 사람들은 나의 건강만을 사랑하지마는
당신은 나의 죽음도 사랑하는 까닭입니다.

포도주

가을바람과 아침볕에 마침 맞게 익은
향기로운 포도를 따서 술을 빚었습니다.
그 술 괴는 향기는 가을 하늘을 물들입니다.
님이여, 그 술을 연잎잔에 가득히 부어서 님에게 드리겠습니다.
님이여, 떨리는 손을 거쳐서 타오르는 입술을 추기셔요.

님이여, 그 술은 한 밤을 지나면 눈물이 됩니다.
아아! 한 밤을 지나면 포도주가 눈물이 되지마는
또 한 밤을 지나면 나의 눈물의 다른 포도주가 됩니다.
오오, 님이여!

금강산

만이천봉萬二千峰! 무양無恙하냐, 금강산아.
너는 너의 님이 어데서 무엇을 하는지 아느냐.
너의 님은 너 때문에 가슴에서 타오르는 불꽃에
온갖 종교, 철학, 명예, 재산, 그 외에도 있으면 있는 대로
태워버리는 줄을 너는 모르리라.

너는 꽃에 붉은 것이 너냐.
너는 잎에 푸른 것이 너냐.
너는 단풍에 취한 것이 너냐.
너는 백설에 깨인 것이 너냐.

나는 너의 침묵을 잘 안다.
너는 철모르는 아이들에게 종작 없는 찬미를 받으면서
시쁜 웃음을 참고 고요히 있는 줄을 나는 잘 안다.

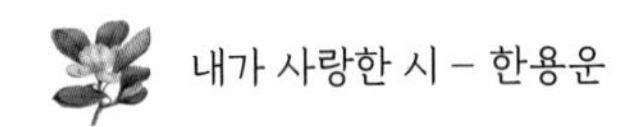

그러나 너는 천당이나 지옥이나 하나만 가지고 있으려무나.
꿈 없는 잠처럼 깨끗하고 단순하란 말이다.
나도 짧은 갈궁이로 강 건너의 꽃을 꺾는다고,
큰말 하는 미친 사람은 아니다.
그래서 침착하고 단순하려고 한다.
나는 너의 입김에 불려오는 쪼각 구름에 키스한다.

만이천봉萬二千峰! 무양無恙하냐, 금강산아.
나는 너의 님이 어데서 무엇을 하는지 모르지.

꿈이라면

사랑의 속박이 꿈이라면
출세出世의 해탈도 꿈입니다.
웃음과 눈물이 꿈이라면
무심無心의 광명도 꿈입니다.
일체만법一切萬法이 꿈이라면
사랑의 꿈에서 불멸不滅을 얻겠습니다.

해당화

당신은 해당화 피기 전에 오신다고 하였습니다. 봄은 벌써 늦었습니다.
봄이 오기 전에는 어서 오기를 바랐더니 봄이 오고 보니 너무 일찍 왔나 두려합니다.

철모르는 아이들은 뒷동산에 해당화가 피었다고 다투어 말하기로 듣고도 못 들은 체하였더니 야속한 봄바람은 나는 꽃을 불어서 경대 위에 놓입니다그려.
시름없이 꽃을 주워서 입술에 대이고 '너는 언제 피었니.' 하고 물었습니다.
꽃은 말도 없이 나의 눈물에 비쳐서 둘도 되고 셋도 됩니다.

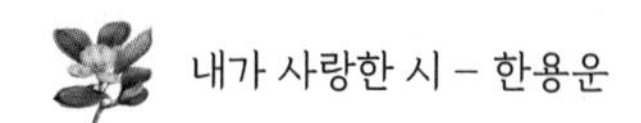

알 수 없어요

바람도 없는 공중에 수직의 파문을 내이며 고요히 떨어지는 오동잎은 누구의 발자취입니까.
지리한 장마 끝에 서풍에 몰려가는 무서운 검은 구름의 터진 틈으로 언뜻언뜻 보이는 푸른 하늘은 누구의 얼굴입니까.
꽃도 없는 깊은 나무에 푸른 이끼를 거쳐서 옛 탑 위의 고요한 하늘을 스치는 알 수 없는 향기는 누구의 입김입니까.
근원은 알지도 못할 곳에서 나서 돌부리를 울리고 가늘게 흐르는 작은 시내는 굽이굽이 누구의 노래입니까.
연꽃같은 발꿈치로 가이없는 바다를 밟고 옥 같은 손으로 끝없는 하늘을 만지면서 떨어지는 날을 곱게 단장하는 저녁놀은 누구의 시입니까.
타고 남은 재가 다시 기름이 됩니다. 그칠 줄을 모르고 타는 나의 가슴은 누구의 밤을 지키는 약한 등불입니까.

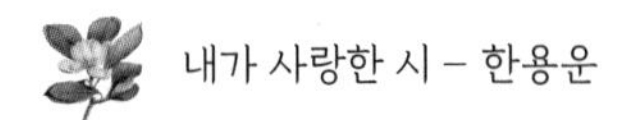

꿈과 근심

밤 근심이 하 길기에
꿈도 길 줄 알았더니
님을 보러 가는 길에
반도 못 가서 깨었고나.

새벽 꿈이 하 짧기에
근심도 짧을 줄 알았더니
근심에서 근심으로
끝간데를 모르것다.

만일 님에게도
꿈과 근심이 있거든
차라리
근심이 꿈 되고 꿈이 근심 되어라.

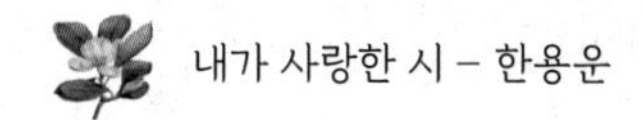

나의 꿈

당신이 맑은 새벽에 나무 그늘 사이에서 산보할 때에,
나의 꿈은 적은 별이 되어서
당신의 머리 위에 지키고 있겠습니다.
당신이 여름날에 더위를 못 이기어 낮잠을 자거든,
나의 꿈은 맑은 바람이 되어서 당신의 주위에 떠돌겠습니다.
당신이 고요한 가을밤에 그윽히 앉아서 글을 볼 때에,
나의 꿈은 귀뚜라미가 되어서 책상 밑에서
「귀뚤귀뚤」 울겠습니다.

우는 때

꽃 핀 아침, 달 밝은 저녁, 비 오는 밤, 그때가 가장 님 그리운 때라고 남들은 말합니다.
나도 같은 고요한 때로는 그때에 많이 울었습니다.

그러나 나는 여러 사람이 모여서 말하고 노는 때에 더 울게 됩니다.
님 있는 여러 사람들은 나를 위로하여 좋은 말을 합니다마는 나는 그들의 위로하는 말을 조소로 듣습니다.
그때에는 울음을 삼켜서 눈물을 속으로 창자를 향하여 흘립니다.

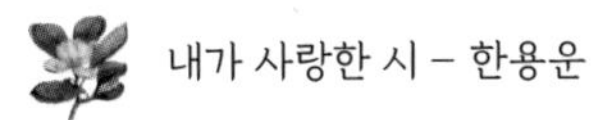

명상

아득한 명상의 작은 배는 가이없이 출렁이는 달빛의 물결에 표류되어 멀고 먼 별나라를 넘고 또 넘어서 이름도 모르는 나라에 이르렀습니다.
이 나라에는 어린 아기의 미소와 봄 아침과 바닷소리가 합하여 사람이 되었습니다.
이 나라 사람은 옥새의 귀한 줄도 모르고 황금을 밟고 다니고 미인의 청춘을 사랑할 줄도 모릅니다.
이 나라 사람은 웃음을 좋아하고 푸른 하늘을 좋아합니다.

명상의 배를 이 나라의 궁전에 매었더니 이 나라 사람들은 나의 손을 잡고 같이 살자고 합니다.
그러나 나는 님이 오시면 그의 가슴에 천국을 꾸미려고 돌아왔습니다.
달빛의 물결은 흰구슬을 머리에 이고 춤추는 어린 풀의 장단을 맞추어 우쭐거립니다.

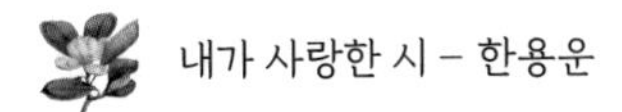

달을 보며

달은 밝고 당신이 하도 그리웠습니다.
자던 옷을 고쳐 입고 뜰에 나와 퍼지르고 앉아서 달을 한참 보았습니다.

달은 차차차 당신의 얼굴이 되더니 넓은 이마, 둥근 코, 아름다운 수염이 역력히 보입니다.
간 해에는 당신의 얼굴이 달로 보이더니, 오늘 밤에는 달이 당신의 얼굴이 됩니다.

당신의 얼굴이 달이기에 나의 얼굴도 달이 되었습니다.
나의 얼굴은 그믐달이 된 줄을 당신이 아십니까.
아아, 당신의 얼굴이 달이기에 나의 얼굴도 달이 되었습니다.

찬 송

님이여, 당신은 백 번이나 단련한 금金결입니다.
뽕나무 뿌리가 산호가 되도록 천국의 사랑을 받으소서.
님이여 사랑이여, 아침볕의 첫걸음이여.

님이여, 당신은 의義가 무겁고 황금이 가벼운 것을 잘 아십니다.
거지의 거친 밭에 복의 씨를 뿌리옵소서.
님이여 사랑이여, 옛 오동의 숨은 소리여.

님이여, 당신은 봄과 광명과 평화를 좋아하십니다.
약자의 가슴에 눈물을 뿌리는 자비의 보살이 되옵소서.
님이여 사랑이여, 얼음 바다에 봄바람이여.

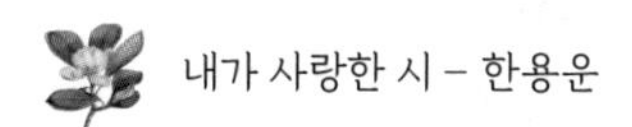

차라리

님이여 오셔요. 오시지 아니하려면 차라리 가셔요. 가려다 오고 오려다 가는 것은 나에게 목숨을 빼앗고 죽음도 주지 않는 것입니다.
님이여 나를 책망하려거든 차라리 큰소리로 말씀하여주셔요, 침묵으로 책망하지 말고. 침묵으로 책망하는 것은 아픈 마음을 얼음 바늘로 찌르는 것입니다.
님이여 나를 아니 보려거든 차라리 눈을 돌려서 감으셔요. 흐르는 곁눈으로 흘겨보지 마셔요. 곁눈으로 흘겨 보는 것은 사랑의 보褓에 가시의 선물을 싸서 주는 것입니다.

내가 사랑한 시 – 한용운

행 복

나는 당신을 사랑하고 당신의 행복을 사랑합니다. 나는 온 세상 사람이 당신을 사랑하고 당신의 행복을 사랑하기를 바랍니다.
그러나 정말로 당신을 사랑하는 사람이 있다면, 나는 그 사람을 미워하겠습니다. 그 사람을 미워하는 것은 당신을 사랑하는 마음의 한 부분입니다.
그러므로 그 사람을 미워하는 고통도 나에게는 행복입니다.

만일 온 세상 사람이 당신을 미워한다면, 나는 그 사람을 얼마나 미워하겠습니까.
만일 온 세상 사람이 당신을 사랑하지도 않고 미워하지도 않는다면, 그것은 나의 일생에 견딜 수 없는 불행입니다.
만일 온 세상 사람이 당신을 사랑하고자 하여 나를 미워한다면, 나의 행복은 더 클 수가 없습니다.
그것은 모든 사람의 나를 미워하는 원한의 두만강이 깊을수록, 나의 당신을 사랑하는 행복의 백두산이 높아지는 까닭입니다.

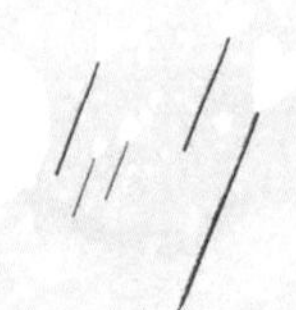

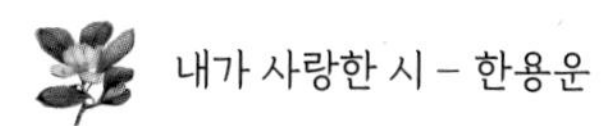

고적한 밤

하늘에는 달이 없고 땅에는 바람이 없습니다.
사람들은 소리가 없고 나는 마음이 없습니다.

우주는 죽음인가요.
인생은 잠인가요.

한 가닥은 눈썹에 걸치고 한 가닥은 작은 별에 걸쳤던 님 생각의 금실은 살살살 걷힙니다.
한 손에는 황금의 칼을 들고 한 손으로 천국의 꽃을 꺾던 환상의 여왕도 그림자를 감추었습니다.

아아, 님 생각의 금실과 환상의 여왕이 두 손을 마주 잡고 눈물의 속에서 정사情死한 줄이야 누가 알아요.

우주는 죽음인가요
인생은 눈물인가요
인생이 눈물이면
죽음은 사랑인가요.

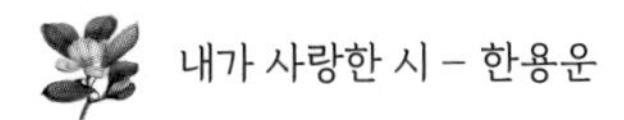

당신의 편지

당신의 편지가 왔다기에 꽃밭 매던 호미를 놓고 떼어보았습니다.
그 편지는 글씨는 가늘고 글줄은 많으나 사연은 간단합니다.
만일 님이 쓰신 편지이면 글은 짧을지라도 사연은 길 터인데.

당신의 편지가 왔다기에 바느질 그릇을 치워놓고 떼어보았습니다.
그 편지는 나에게 잘 있느냐고만 묻고 언제 오신다는 말은 조금도 없습니다.
만일 님이 쓰신 편지이면 나의 일은 묻지 않더라도 언제 오신다는 말을 먼저 썼을 터인데.

당신의 편지가 왔다기에 약을 달이다 말고 떼어보았습니다.
그 편지는 당신의 주소는 다른 나라의 군함입니다.
만일 님이 쓰신 편지이면 남의 군함에 있는 것이 사실이라 할지라도 편지에는 군함에서 떠났다고 하였을 터인데.

꽃보다 아름다운 하루

윤동주 · 김소월 · 한용운 필사

1판 1쇄 인쇄 2022년 6월 10일
1판 1쇄 발행 2022년 6월 15일

지은이 윤동주 · 김소월 · 한용운
펴낸이 윤다시
펴낸곳 도서출판 예가

주 소 서울시 영등포구 영신로 45길 2
전 화 02-2633-5462 **팩 스** 02-2633-5463
이메일 yegabook@hanmail.net **블로그** http://blog.daum.net/yegabook
등록번호 제 8-216호

ISBN 978-89-7567-638-3 03810